KB108518

이걸

화악
花樂

이걸 화악 花樂

발행일	2018년 11월 30일

지은이	정 연 일
펴낸이	손 형 국
펴낸곳	(주)북랩
편집인	선일영
편집	오경진, 권혁신, 최승헌, 최예은, 김경무
디자인	이현수, 김민하, 한수희, 김윤주, 허지혜
제작	박기성, 황동현, 구성우, 정성배
마케팅	김회란, 박진관, 조하라
출판등록	2004. 12. 1(제2012-000051호)
주소	서울시 금천구 가산디지털 1로 168, 우림라이온스밸리 B동 B113, 114호
홈페이지	www.book.co.kr
전화번호	(02)2026-5777
팩스	(02)2026-5747

ISBN	979-11-6299-427-6 03810 (종이책) 979-11-6299-428-3 05810 (전자책)

이 도서의 국립중앙도서관 출판예정도서목록(CIP)은 서지정보유통지원시스템
홈페이지(http://seoji.nl.go.kr)와 국가자료공동목록시스템(http://www.nl.go.kr/kolisnet)에서
이용하실 수 있습니다.

(주)북랩 성공출판의 파트너

북랩·홈페이지와 패밀리 사이트에서 다양한 출판 솔루션을 만나 보세요!

홈페이지 book.co.kr • **블로그** blog.naver.com/essaybook • **원고모집** book@book.co.kr

이걸
화악
花樂

정 연 인 시 집

목차

그대, 어쩌면 내가 사랑이라고 불렀을지도 모를 이름이여!!!

序文

맨 처음이라는 말이
이렇게 가벼운 것인 줄 미처 몰랐다

아무것도 준비되지 못한 이에게
현실은 점점 더 무겁기만 하고

어느, 어떤 날은
단 한 글자도 적지 못하고
쓰디쓴 악몽만을 꾸어 댔다

달은 밤의 한가운데서 나를
비웃고
해는 후회 한가운데서 나를
흔든다

정연일 현대시

조금 더 무너져 보라고
한번 더 흔들려 보라고

난생처음으로 낯선 공간을
기웃거려본다

보고 싶은 이여!
그래도, 어쨌든,
고.맙.다

From. 달팽2

느리게 더 느리게

더디게 더 더디게

살고 싶었는지도 몰라

굴레를 벗어나지는 않길 바래

빈 껍데기들은 버리고 싶은 적 많았지

한동안 바다를 날아가는 꿈도 꾸었어

제발 나를 너무 가까이 훑어보거나

너무 오랫동안 바라보지는 마

아무도 모르게

세상에서 가장 순하고 깨끗하게 죽고 싶어

정연일 현대시

필요한 양만큼의 물을 적당히 주는 일이

꽃을 아끼는 방법이었다

그리운 양만큼만 너를 생각하는 것이

너를 사랑하는 방법이었다

가을 끝,

비로소 가을의 끝에서 가을이 넘겨졌다

하얀 막걸리를 허기진 목 안으로 넘길 때마다
계절의 바람이 불고
늙은 나무는 번번이 색을 바꾸어 갔다

식당 일용직으로 첫 출근한 엄마의 이마가
벌건 노을에 번져갈 때쯤,
단 하루의 일당도 받지 못한 나의 무료한 시간들을
쓸어 담아 먼 구름에 매달아두곤 했다

읽히지도 않는 시간을 붙잡아
억지로 책장 속에 구겨 넣으면
몇 줄의 꿈마저 기록하지 못한 대학노트에
가을 색 잉크들이 습관처럼 묻어 나왔다

정연일 현대시

밤이 새도록 늦가을이 머물렀던

작은 창을 열어보면

우리들이 함께 보냈던 계절들이

익숙했던 문장들처럼

후두둑-후두둑 쏟아지고 있었다

가을 들녘에 피었던 꽃이 지고

잎들이 돌아누울 때

당신의 표정을 읽고서, 나는 그런 당신을 꼭 닮아간다

개나리

어쩌려고 한평생

이리도 활짝 만개하는가

지는 것에 대한 쓸쓸함을

떨어지는 것에 대한 외로움을

어쩌려고

어찌하려고

이른 봄,

길가 골목골목 굽이굽이

이리도 활짝 만개하는가,

이 여린 노-오-란 리본들… 아,

언덕

어렴풋이 언덕을 넘어가는
흔한 선율 속에서
그립던 바다를 품어보는
키 작은 언덕

바람 한 개의 위로와
선한 어머니의 냄새, 웃음들,
그리운, 그립던 해가 뜨면
더욱 깊어만 가고
삶이란 질긴 끈을 차마
놓지 못했던 소망들은
아름답게 눈, 부, 셨, 다…
메아리로 되돌아오는
당신의 목소리
눈물 같은 시간들로 일어나
투명한 물결로 일렁이고 있는

한없이 푸르렀던 바다가 그립고,

그리워서 끝내 눈물이 되어 흐르는

샛강, 언덕 위에 홀로 선다

돌아갈 수 없는 시간들을 꿈꾸면서, 다시

why? Pie?

약하D 약한 디지털 신호가

가느다란 거미줄처럼 끊어질 듯,

끊어질 듯 버T고 있다

한때는 수많은 먹E 사냥꾼들

들E댈 기회만을 엿보고 있었지만

혼자만의 짝사랑은 혼자만이 애가 타는 법,

홀로 남은 짝사랑 X는 Y에게

잡혔다가 안 잡혔다가를 반복,

반복한다

So So 그.러.다.가.그.러.다

화들짝 지-하-철 문이 열리고 난 후,

어느 순간 E내 갑자기 사라졌다

날 조종하는 건… 넌 누구?

Who~~~마른 바람이

같은 크기의 여덟 조각으로 쪼개져

배가 고파진 O후,

중간 나절쯤에는 역시 상큼하게

맛있는 A-P-P-L-E-파?-E,,,

감동의 오류

좋은 것과 싫다는 것에

기본적인 차이점이란

감동이라는 단어 하나로 흔들릴 수 있겠다

밤새 뜬눈으로 지새워도

밝혀낼 수 없었던 시어의 잔류들이

때늦은 오후로 소멸되어 갈 때

당신이 버리고 간 감정들은

더 이상 진한 감동으로 태어나지는 못했단다

벽은 늘 막혀있어, 막, 막

바람은 발길을 돌리고

어제 우리가 쓰다가 버린 편지들은

구겨진 채 쓰레기통 속으로 빨려 들어갈 수도 있다, 라는

착각 속에 감정들은 또다시 무뎌진다

새벽엔 엄마의 이마 위에

안착되었던 오류들이 점점 말라갔다고 한다

한순간의 감동은 자칫 오류를 범하며

흑백 장면을 찍어내기도 하고

우리가 보지 말았어야 할 장면들은

오히려 더 또렷해지고 있다

선명한 감동마저 오류를 남기고

삶의 장면들은 또다시

낡은 책 속으로만 기어들어 갈 것이다

시의 오류투성이들이

서로 뭉쳤다가 순식간에 흩어져 소멸되어 갔다

감히

햇볕이 붉어져 흘러내리고 있다
물러터진 그리움이 새벽녘에 촘촘히 박힐 때면
너는 부끄러워
차라리 아래로의 추락을 허락한다
시들지 않으면 꽃이 아니다
무뎌지지 않으면 세월이 아니다
아직 익지 않은 가을은
차가워진 바람을 따라
순서대로 늙어감에 따라
조금 더 단단해지고
점점 더 여물어가고

감들이 익어가고 있다

더 이상 떫기만 한 삶을

다시 밀봉시키지는 않으리라, 투-욱

하고 터진다, 터져 버린다

너의 붉어진 볼,

또 고요해진 아침,

감히 너를 따라

흘러갈 수 없을 것만 같은

왠지 그럴 것만 같은

빨개진 너의 얼굴이

가물거리는 가을 들녘에, 서

개코론

목적 없이 숨을 쉰다, 고
염치도 없이 숨을 쉰다, 고
잠자코 숨이나 쉬고 있다, 고
진정 살아있는 건 아니야, 라고
오늘 나의 일기장엔
첫 단어가 모험처럼 아득하다
나 혼자만 맡을 수 있는
너의 향기가 차가운 방 안으로 뿌려진다

살아서 뜨거운 것들과
살아있기에 사랑할 수 있는 것과
한숨을 돌리기에 서로 그리워만지는 것, 들

정연일 현대시

무너지는 것들에 대한 생각, 또

무뎌지는 것들에 대해 묵념, 한다

겸손해질 나이

처마 끝 빗소리가
빈 마음을 뜯고 있다
바람의 가장 끝자리에서
하루를 관음, 한다

나무들 꺾이는 소리
꽃잎이 떨어지는 소리
힘껏 날아오르던 새가
요즘은 부쩍 늙어간다는 생각, 한다

은근슬쩍 작은 새 한 마리가
나의 하루를 가만히 들여다본다

산다는 것, 때로는
새벽에 맺힌 이슬처럼
아무 일도 없다는 듯
눈치 없이 맑고 깊게 추락하는 것

꽃은 이유 없이 피는 것이 아니고
나무도 마냥 자라나는 게 아니며
햇살도 아무런 목적 없이 내리지 않고
오늘 하루도 그냥 아무렇게나 오는 것이 아님에
조금 더 고개를 숙여 보며

또 그렇게 겸허해지는 시간,
또 이렇게 겸손해지는 나이,

광고 전화

모르는 번호지만 받아 본다
어김없이 영업하는 전화다
보험은 필요하긴 합니다만
언제 혜택을 받을지도 알 길 없고
쓸 돈도 없군요 돈이 있다면
가입해 드리면 저도 좋겠습니다만…
…상담원님 다음에 전화주시죠
그런데, 제 말은 듣지도 않고
혼자 계속 말씀하시려면 목 아프시죠?
물론 저도 계속 들으려면
사실 귀가 많이 아프답니다
다음에 전화주시지요
안 주시면 저는 더 좋고요
저만을 위한 특별한 혜택
까짓것 다른 분에게 먼저 양보할랍니다
여지껏 기부도 한번 못 하고 살았는데

정연일 현대시

좋은 일 한번 한다고 생각할랍니다

전화 끊어 주시면 좋겠는데,

상담원이 먼저 전화를 끊으시면 자꾸 안 된다고 하시니

감사히 제가 먼저… 그럼 이만…

(뚝---)

당신은 영업 전화로부터 완전히 차단되셨습니다!

제발, 그따위 무작위로부터

부디, 나를 완전히 차단시켜주오

구름 소파

뭉게구름이 마련해 준 중고 소파에 앉아
빨개져가는 노을을 건져도 보고
촘촘한 그물로 달빛을 담아도 보고
흐르는 강물에 얼굴도 한번 비추어 보고

푹신한 흰 구름 소파에 기대앉아
멀어져 가는 이웃집을 가두어 보다
졸고 있는 나무들에게 손을 흔들어 보다
막 피어난 봄꽃들에게 윙크도 한번 날려 보다
문득, 너를 그림 안으로 집어도 넣어 봤다가

하루 종일 별일도 없이

하늘가 옆 구름 소파에 앉아 있으면

낮은 산그늘 부드러운 바람 틈 사이로

너의 얼굴은 보일락 말락,

나의 사랑도 들킬락 말락,

이렇게 먼 곳으로부터

너에게 떨어져 있어야만 하는 난,

매일 소파에 앉아 하루 종일 구름을 타고 논다.

햇살처럼 가볍게 내려와야 한다는 마음이다

강물처럼 무겁게 흘러가야 된다는 믿음이다

구름의 포교법

천국으로 가는 계단에서
구름이 졸고 있다

오래 묵었던 두 가지 색깔 구름들
하늘에서 지상으로 탈출을 꿈꾸고

양 떼 구름을 몰고 나갔던
해 질 녘 풍경 섞인 거리에서
나의 유리창 너머로 잊힌 사람들에게
두루마리 구름을 펼쳐 편지를 쓴다

은빛 강물 위를 맴돌던 새털 구름은
엄마의 눈 속으로 꼭꼭 숨어 들어간 것들에게
늙은 골짜기 사이에 얼어버린 깃털 구름은
한번도 이름이 불려본 적 없는 꽃들에게
미운 오리 새끼처럼 박제된 솜털 구름은

떠도는 것들 혹은 아쉽게 무너진 것들에 대하여
하루의 끝을 포교하기 시작한다

흰 구름 맛 일요일이 되면
달무리와 별들, 그리고 먹구름 순으로
포교의 대상이 되곤 했다
해가 늘어지는 오후에는
길을 잃은 설교들이 메아리처럼
한쪽 귀로 스며들었다가 빠져나갔다

믿음의 경지에서 바라보는
저물어가는 석양이란 산 너머 뜬구름 같은 것
허물어져 보았기에
속절없이 무너져도 보았기에
하루 종일 비가 내리고 있는 것만은 아니다
바람 한 점도 불어오지 않았기에
반드시 제자리에 멈추어 서 있던 건 아니다

보고 싶은 얼굴들이 떠오를 때마다
두 눈을 질끈 감고

정연일 현대시

뭉게구름 속에
나의 얼굴을 묻어보곤 했다

천국은 멀지 않았다고
믿음만이 살길이라고
지하철 피켓을 든 노인이
사람들 관심을 훔쳐보려 기웃거렸다
빈칸에서 빈칸으로, 끼워 맞추듯 장면들이 넘어가면
천국행 티켓을 얻지 못한 사람들
휩쓸리듯 출근길을 서두르고 있다

바로 지금 이 순간부터
한낮의 구름에게 포교된
대부분의 실업자들이
천국의 문으로 들어갈 시간이다.

그래, 사랑

그래, 사랑은 스잔한 너의 주검 옆으로
꽃 한 송이 아무도 모르게 두고 오는 일이다

사랑이란
지친 나무를 하늘로 힘껏 자라나게 하고
시들은 꽃들 아침 이슬 머금고 새롭게 피어나도록 하며
다친 새를 다시 날아오르게 하는
사랑은…

사랑이란
홀연히 짐을 싸서 떠나려는 너의 기차를
가로막아 가지 못하도록 멈추게 하는 일이다
그래, 사랑은
너의 이름으로만 온전히 나의 하루를 채워간다는 것이다.

밀봉되었던 나의 마음을 뜯어버리기 전에

너의 마음을 먼저 열어 주었더라면… 그랬더라면

그리운 팬티

횅한 가을바람에
구멍이 숭숭 뚫리는 나를 본다
그리워지는 것들은 항상
어느 날, 갑자기
마음 한구석으로 쳐들어오곤 했다
나를 떠나버린 것들은
삼각형이었던가
사각 모양을 하고 있었던가
이제는 도무지 기억도 나지 않는다고
애꿎은 바람에게 속삭여 본다
내게 남은 그리움의 양만큼
늘어만 가던 뭉게구름과
바람 속에서 일렁이는 늦가을이 타는 냄새,
마른 빨래를 개고 있는 엄마,
팬티를 가지런히 접고 있던 손가락들, 그 색깔들,
마냥 그리워했던 가을이

삶의 페이지로 넘겨져

당신은 계절이란 이름으로 편집된다

그 공원에, 벤치에, 나뭇잎들에게

가을빛 물감이 덧칠해질 때면

가슴이 시려오는 당신의 이름들,

서로의 두께가 바뀌어 가면

계절은 언제나 그렇듯

같은 자리로 매번 되돌아오곤 한다

휑한 바람이라도 부는, 이런 날은

그리움에 숭숭 구멍이 뚫리는, 이런 날에는

애써 나를 기워내 본다

가을이 낙엽들을 정리하는 늦은 오후,

이런 쓸쓸한 날에는

그리운 어머니의 계절에는

그리움2

그리움2 익고 있는 시절에는

나 당신을 찾지 못했네

눈물은 눈물이어서

어둠은 또 어둠뿐이라서

마지막 말은 차마 전하지를 못했네

홀로 쓸쓸히 떠나왔었네

별빛만이 깜박이던 검은빛 시간 속에

남모르게 숨겨 두고 있었네

세월이 겹쳐진다거나

마음이 다해 흘러가 버리는

그런 날 온다면

나 다시 노래하겠네

당신을 찾지 못해 그리움2

익어가고 있는 거라고

눈물을 차마 감추지 못해

어두운 밤 별들은 더 창백하게

빛이 나는 거라고
나는 오늘도 다시 별빛의 노랠 불러야겠네
마지막 날, 그날의 슬픈 노래를

사랑을 알지 못하고 나 사랑을
마침내 떠나보내고야 말았네

꽃잎

찢어 죽이고 말려 죽일 테야

처참하게 부서지도록 말려 버릴 거야

환장하도록 꽃잎들 눈물겹도록

미치도록 꽃잎들 아파하도록

외로움 찢어 죽이고 말려 죽일 테야

반드시 찢어 죽이고 말려 죽일 테야

환장하도록 사랑이 눈물겹도록

미치도록 사랑이 가슴 절절하도록

그리움 부숴버리고 말려 버릴 거야

찢어 죽이고 말려 죽일 테야

갈가리 부서지도록 말려 버릴 거야

찢어 죽이고 말려 죽일 테야

산산이 부숴버리고 태워 버릴 거야

님을 향한 마음에

미쳐 환장한 나의 이 외로움들,

이 그리움들

갈가리,

산산이 찢고 부수고 말려 버릴 거야

흰 가루처럼 날려버리고 없애 버릴 거야

님을 향한 이토록 아픈 꽃잎들을.

나는 가끔

눈부시게 푸른 바다를 바라보다가
오월의 새파란 산길을 걸어가보다
떨어지는 벚꽃 잎을 머리 위로 받다가
어쩐 일로 늦어버린 점심을 먹다가
하루 종일 TV 드라마를 섭렵하다가
일요일, 미뤘던 빨래들을 몰아서 하다가
지쳐가는 하루의 끝에서 방황하다가
덥수룩한 머리를 짧게 자르다가
친구 놈이랑 소주잔을 뒤집어보다가
어두운 골목길을 비틀거리며 걷다가
이불도 못 덮고 잠들었다가
새벽에 문득 개꿈으로 깨곤 하다가
휴일인데 마침 일찍 눈이 떠졌다가
어머니가 살고 있는 절에 갔다가
버스 창문으로 무심코 한강을 바라보다가
하루 내내 바람하고만 놀다가

정연일 현대시

심심해서 북한산에 올라갔다가
내려오는 저녁 해를 째려봤다가
이름 모를 꽃들에게 안부를 물어보다가

나는
나는 가끔,
가끔, 네 생각을 한다.

나의 그레이

그레이, 나의 그레이

어둠 속에서만 피는 꽃을 본 적 있니?

나의 그레이, 이제 누군가 불러주던 노래들은

더 이상 들리지 않아, 그레이

나도 한때 흔들리기만 한 적도

있던 것 같아, 힘없는 발자국을 남기며

새벽녘 길을 걸어본 적도 있는 것 같아, 그레이

그때 너를 만났던 날은

꽃이 없는 네 잎 클로버가 바닥에 내리던 날,

누군가에게 기울어 간다는 건

끝없는 무너짐과 무중력의 아찔함, 그런 것도 아니?

그레이,

너를 통해서만 나의 하루를 마감할 수 있었다, 그레이

누군가 지금쯤 기울고 있는 걸까

너에게 조금씩 걸어갔다는 건

내가 너에게 조금씩 기울고 있다는 건

정연일 현대시

그레이, 누군가 지금도 졸린 눈을 비비며

긴긴 밤을 열어보고 있을까

그레이, 나의 그레이,

새벽이 깊다 이제 그만,

나는 등불을 걸어야겠다, 그레이

이제 그만 돌아가 줄래, 그레이

새벽에서 새벽으로

잿빛부터 잿빛까지

흔들리기만 하는 나의 그레이, 가엾은 나의 그레이

낮 OR 밤

낮이 없는 나에게는 삶이 조금 더 간결해질 수 있다

혼자 앓는 일은 누구나 서러워진다
너는 그 시간에 무얼 하고 있었는지
굳이 알고 싶지는 않았다
어쩌자고 밤은 더욱 깊어가는지

밤이 없는 사람들에게는
단순 명료하게 대답을 해야만 했다
이미 우리의 낮은 엎질러졌으므로
또다시 새로운 밤을 기다려야 한다
낮 동안만 해가 눈을 뜨고
꼭 밤에만 달이 차오른다는 말은 아니었다

너는 그러할 수 없겠지만

우리는 늘 아름답게 깊은 한숨을 죽일 수도 있다

굳이 어쩌자고,

한낮은 이토록 더디게 굴러가고 있는 건지

왜 한밤중에만 그믐달은 별을 건드려 보는 건지

낮 또는 밤들에게

매번 우리의 하루는 유린당하고 있다.

너의 거리

새벽 거리에서
어떻게든
나는 돌아가고 싶었다
삶의 갈증만 몰려오는
이 침침한 시간이 되면
난 시와 싸우며
너라는 목적어를 버리고
나의 주어들만 택하고는 했다
내가 너에게
돌아갈 수 있는 길은
그 어디쯤에나 있겠는가
흘러가 버린 너의 이야기가
아주 가끔씩은 서술되었고
옛 기억을 깨물던 버릇들도
너의 두 눈 속에서만 읽히고 있다

정연일 현대시

이 불면증의 밤들을 묻어 두고서

나는 언제쯤에나

저 먼 강을 건너갈 수가 있을까

아무도, 아무런 흔적을

남기지는 못했단다

불 꺼진 새벽,

추억은 더 멀리 가야만 하리라

예전에 너를 온전히 담아내도록

한 번쯤 나를 가능한 한 멀리

던져버리고 가야 하리라

새벽 거리, 에서

나는 어떻게든

너에게 물들어 가고 싶었다

너에게 기울어 가고 싶었다

네가 없는 이 차가운 너의 거리에서

개나리는 진달래에 속고

진달래는 철쭉에 속고

철쭉은 진달래에 속고

서로 속고 속이는 붉고 푸르고 노오란

저것들이 또 봄날을 속이는구나

언제 스미는지도 모르게 슬그머니 녹아서

봄, 또 이 봄이 오는구나

자꾸 꽃들에게 속고 속아서 매년 찾아오는구나

노란 앵무새

　지독한 안면장애였어요 사실은 노란 앵무새에게 사랑한다고 말한 적 있더랬죠 기억을 저당 잡힌 새장 문을 열어보면 눈이 부은 채 그리움을 속삭이는 작은 앵무새 한 마리, 지나간 사랑을 삭제시키고 있고 남자는 어느 순간, 또 멀어져가요 날아가는 법을 잊은 앵무새가 밤마다 비상을 꿈꾸는 사이, 사람들에게 버림받은 나는 노란 앵무새를 붙들고 유통기한이 지난 사랑을 속삭여봐요 대화하는 법은 서로의 눈을 바라보는 거라고 앵무새의 눈은 깜빡거려요 무엇을 잃어버린 걸까요 나는 기다리는 법을 잊어버린 걸까요 나는 밤이 두려워요 노란 앵무새도 꾸벅꾸벅 졸고만 있는걸요 지독한 우울증이었어요 당신은 노란 앵무새에게서 떠나가려고 해요 노란 시간은 무덤처럼 숨어서 울어요, 또 남자는 멀어져만 가요

요즘에는 통 계절을 읽어낼 수가 없어

비가 내리는 오늘 같은 날에는

너를 향한 나의 기억들을 통계 내어 본다

정연민 현대시

눈길

오후 내내 굴러다니던 햇살은
언 강 위에서 한동안 머물러있다
찬바람이 나의 마루까지 넘어오는 동안
겨울 눈은 스스로의 마음을 녹이며
강물 위로 뛰어들고 있다

이 눈은 어디쯤에서 오고 있는지
곧 날이 저물고 추위가 온몸을 휘감는다
온돌에 불을 더 넣는다
당신이 떠나던 날에도
이렇게 눈은 내리고
이토록 추웠을 게다
방 안 가득 스며오는
당신의 체온 같은 뭉텅한 온기들

꽁꽁 얼어버린 강물을
따뜻한 방 안으로 다 들여놓고도
아직 내 안에 들여야 할 무언가가
남아 있었던가
아직도 그리워해야 할 그 무엇이
더 남아 있던가
머지않아 점점 세월이 꺾이어 가면
차츰 철이 들어버릴 것이다
차츰 무뎌져도 갈 것이다

눈길은 아득히 먼 강을 건너다가
소리 없이 그 자리에 멈추어선다
누군가를 기다리기라도 하는 것이냐
눈길은 조용히 강물을 먼발치에서
바라만 보고 있는데

정연일 현대시

눈길은 가만히 당신의 하얀 그림자를

따라가고 있는데

무심히 눈길을 걷고 있는 당신에게

방향을 틀어야 했으므로,

어느 순간 고요히 바라보던

눈물이 되어 서성거리는

눈동자 하나

그리운, 따뜻한,

이 낮고 포근한,

달의 유서 I

황금색 달빛을 조각내 버리고
훔쳐 달아난 그 사람
휘영청 달마저 밝은 밤에
아무도 몰래 찾아와
내 마음 흔들어 놓고
없어져버린 어떤 사람
오늘,
저 시커먼 밤하늘 맨 꼭대기에
금빛 유서 한 장
홀연히 남겨 두고
아무 말 없이 이내 또
사라져버린 그 어떤 사람
나는 매일 밤마다
당신이 남기고 가버린
달의 유서를
두꺼워지는 성경책처럼
신성하게 읽어 간다

점점 당신의 손끝으로 나는 차단되어 간다

습관처럼 나는 당신의 전화번호를 누르고 있다

당신의 숲

밤새 별들이 헤집어 놓은 숲 속에서

남겨진 당신의 이름을 찾아봅니다

노오란 해바라기 꽃이 열리면

당신의 얼굴이 하늘처럼 열리고

먹구름이 문을 닫을 무렵이면

달빛은 서서히 어둠 속으로 번져 갑니다

불러도 대답 없는 이름들이

모여 있는 숲 속에는

슬퍼도 울지 못하는 새들만이

짧은 하루를 잘도 물어 나르고

어둑한 저녁이 되고 나서야

혼자라는 사실을 바람에게 전해 들었습니다

구름은 아무 곳에나 흘러갈 수 있어

부럽기도 한 숲은 나무들을 껴안아

연신 손을 흔들어 대고

정연일 현대시

마음마저 하얗게 벗겨진 자작나무는

맨몸으로 비를 맞는 자세를 배우고 있는 중입니다

밤은 곧 찾아오지만

아직도 떠오르지 못한 별들의 눈물이

이슬로 맺혀진 새벽녘,

하늘은 이미 잿빛으로 한창입니다

그 곁으로 차마 부르지 못한

당신의 남겨진 이름 하나,

서성거리며 숲으로 난 작은 길을

천천히 걸어가고 있습니다

떡뽀끼

잘 사냐

헤어지니까 좋냐

혼자 되니까 신나냐

내 생각 한번쯤이라도 했었냐

벌써 딴 놈 만나고 있는 중이냐

여전히 맨날 술만 푸고 있냐

아직도 취하면 필름 끊겨서

옆에 아무나 붙잡고 우냐

너도 가끔씩은 울컥하냐

너도 한번쯤은 그립긴 그립냐

진짜로 헤어지니까 좋냐… 그런 거냐

근데,

니가 눈물 나게 좋아하는 떡볶이는

아직도 잘 먹고 다니냐

어떻게…

잘 사냐~

뜨겁고 냉정하게

몇 개의 꿈을 놓았다
절반쯤 마른 장작에 불을 붙인다
점점 번져가는 불꽃들,
차츰 낯선 시간들이 조여 온다
나, 한 번쯤
내 전부에게
뜨겁게 타오르던 적이 있었던가
흩어져 날려가는 회빛 재처럼
가볍게 멀리 떠나본 적은 있었던가

뜨겁게 타오르다가

다시 차갑게 냉정을 찾아간다

장작불의 인생을 닮은

그 많았던 인연들,

부풀어졌다가 이내 다시 꺼져 버린다

오래 묵었던 몇 개의 꿈들도

부풀었다가 멀리 사라져만 간다

나도 한 번쯤은

뜨겁게

또 한 번쯤은

냉정하게

내 삶의 전부를 힘껏 부풀렸다가

안개처럼 가볍게 사라지게 하리라

이걸, 花樂

혹시, 그런 것도 알았니?

접시와 내 나이와는 아무런 연관 관계도 없음을

늦게 배운 발길질에 하루 종일 첨벙거리고만 있었다고

당신의 오늘은 죽어가고 있다, 라고

한참을 다른 놈과 조율하는 중이었어

엄마의 주름살이 꽃문양 그릇 위로

나이테처럼 새겨지고 있을 때

그 장면이 마지막이었다고, 또 누가 그래?

혹시, 이런 것도 들었니?

껍처럼 늘어지던 오후를 책임지는 아지랑이, 들

살아있기에 꿈틀거리는 거라고

우리의 아름다운 봄날은 다시 오지 않을지 모른다고

말도 없이 너는 바람처럼 왔다 갔지만

온종일 눈부신 작별을 접시에 담아

나는 분명히 너를 초대하고 싶었다는 걸

혹시, 그것도 이미 말했니?

완연한 봄, 이걸 확, 화-악,

한 번쯤은 확 깨뜨려 보고 싶었다고

풀처럼 꺾여버린 청춘을 있는 힘껏

확 짓밟아 보고도 싶었다고

우리들의 꽃들은 언제든 버려질지 모른다고

혹시, 내가 이것도 얘기했니?

귀퉁이가 깨져버린 오래 묵은 그릇에도 언젠가

환한 봄날이 찾아올지 모른다고

새하얀 눈꽃이 필는지는 그 누구도 모르는 일이라고.

마마 콤플렉스

엄마 엄마 당신은 빨강이래
저무는 노을처럼 아련한 빨강이래
붉게만 물들어가는 사랑이래

엄마 엄마 당신은 파랑이래
물결들 일어 눈이 부셨던
새파란 파도 같은 파랑이래

엄마 엄마 당신은 초록이래
산 아래 꼭꼭 숨어서 우는
순결한 연둣빛 고왔던 나뭇잎이래

엄마 엄마 당신은 노랑이래
홀로 하늘을 떠받치고 서있는
노오란 민들레 홀씨 같은 삶인 거래

정연일 현대시

엄마 엄마 당신은 검정이래

쓸쓸하고 검게 물든 밤처럼

향기 없는 뒷골목 그림자 같은 거래

엄마 엄마 당신은 슬픈 빨강이래

두 눈이 붉어진 나처럼

새빨간 거짓말 같은 아픔이래

그리운 눈물인 거래

샛노란 거짓말 같은 슬픔인 거래

아무런 말없이

훌쩍 떠나가 버린 엄마, 엄마,

머릿돌 하나,

절정이 지나버린 머릿돌 하나,

우두커니 구석 모퉁이에 정박해 있다

마음이 먼저 흘러가 버린 종이배를

강물에 띄워 놓고 마침 너를 기다리는 중이었다

지난 그리움은 미련 없이

떠내려가도 좋을 물렁해진 시간, 들

삶은 가벼운 누군가에게

사랑 하나쯤은 심어두고 홀로 떠나가는 일 따위,

또 때로는 남겨진 이별에 대하여

절대 흔들리지 말고 결코 질척거리지 말고

거칠어진 산 너머로 멀리 돌 하나를 던져볼 것

온종일 바위에 앉아 목을 놓아 울어도 볼 것

그런 다음에야 무너져 내릴 것

남겨둔 돌 하나가 어찌하여

왼쪽 머리 한쪽 모서리에서

정연일 현대시

나를 완전히 점령하게 되었는지를

나를 온전히 침범하여 버렸는지를

내 안의 죽어만 있던 나를 향해

있는 힘껏 깊이 또는 깊숙하게 찔러봐도 좋으리

이 흔한 돌 하나가 너의 절정으로 꽃이 되어 필 때까지는.

먹구름 생태 보고서

먹구름이 토해 놓은

구름의 양으로 하늘 생태계는 시작된다

꽃 비늘의 광합성 작용에 관해선

별도로 보고를 받은 일은 없었다

빛이 반사된다는

주옥같은 사실과

하루쯤은 쉽게 건너뛰는

달빛의 매너리즘(mannerism)에 대해서는

여태껏 아무것도 알려진 바는 없다

찬 이끼만 낀 고된 일상만으로도

이미 충분하다고 스스로 위로했던 날들이었다

사람이 걸어가는 길은

하늘이 알아서 잘 보살펴 줄 것이라는

한켠 믿음마저 등을 돌리고

정연일 현대시

철저히 배신당한 하루가

석양으로나마 붉어져 간다

순한 하늘의 길과

바람의 길 사이에서

생태계가 파괴되는 일쯤은

우리와는 아무런 관련이 없었노라고

몇 해 전 과학 보고서에 한 줄가량

짧은 각주로만 새겨져 있었다

구름이 눈물을 만드는지 비를 만드는지

눈물도 오래되면 먹구름만 끼는 건지

결국 내리는 비와 흐르는 눈물을

함께 섞어보지 않고서는

우리는 도무지 사랑에 관한 결론을

내릴 수 없다라는 중대한 사실을 발견해

먹구름 낀 하늘에 리포트(report)를 적어 제출해 본다.

모르는 사람

제우스는

아름다운 헤라를 모르고

헤라는 포세이돈의 넓은 바다를 모르고

포세이돈은 데메테르와 아테나를 모르고

아폴론의 강한 태양은

아르테미스의 지는 달을 모르고

아프로디테는 아레스를 모르고

추락하던 헤파이스토스는

운이 좋은 헤르메스를

헤르메스는 디오니소스의 깊은 포도주를 모르고

헤스티아를 하데스를

모르고, 모르고

또다시 제우스를 모르고

에로스의 흔한 사랑을 모른다

정연일 현대시

너는 나를 모르고

나도 너를 모르고

우리는 세상 어디, 어느 구석에

살든지 말든지

어쨌든 모르는 사람, 들

무너져가는 것들에게

당신의 얼굴에 저녁을 묻고
당신의 숲에 기억을 묻고
당신의 길가에 햇빛을 묻고
당신의 미소에 새벽을 묻고

무너져가는 것들에게

당신의 침묵에 가을을 묻고
당신의 방황에 거울을 묻고
당신의 언덕에 구름을 묻고

정연일 현대시

당신의 아픔에 바다를 묻고
당신의 눈물에 하얀 눈을 묻고
당신의 이름에 그리움을 묻고

무너지는 것들에게
이제 나는, 비로소
삶이란 것을 되물어본다.

문상 問喪

　그들의 이야기가 죽었을 때 사람들은 숲에 기대어 혼자 우는 연습을 해요 연극이 마침내 시작되고 있어요 한켠에 마련된 소품용 검정 사인펜을 꾹꾹 눌러 생전 가까웠던 순서대로, 부조금 액수만큼 방명록에 각자의 이름들을 적고 나면, 비로소 무대 위의 출연자들은 우는 연기에 집중을 하죠 관객들은 저마다의 과거 따윈 잊은 채 검은 넥타이 역을 소화하고 있는 주인공 상주 역할에만 포커스를 맞추죠, 눈물은 리얼했는지 통곡이 뜻하지 않은 방향으로 흘러가진 않았는지 서로를 염탐하며 최대한 감정을 몰입하는 중이에요 오늘의 명장면을 찾지 못한 관객 한 명의 헛기침 소리로 대사를 하얗게 까먹은 주인공의 목소리가 버벅거릴 때 무대 위 다른 출연자들의 표정들은 굳어가기 시작했어요 가족 같아 보이는 몇몇 배우들의 싸우는 연기 장면에서도 관객들 평은 그다지 좋지만은 않았어요 그걸 보고 울컥한다거나 지난 추억을 떠올려보는 관객들은 아예 없었죠 연극이 종합예술이라는 말은 절망적인 상황에서만 짜맞춘 한 편의 시나리오처럼 느

　　　　　　　　　　　　　정연일 현대시

껴져요 인생무상이라는 타이틀로 화려하게 시작된 이번 연극은 장면이 거듭될수록 지루하기 짝이 없고 엉뚱한 전개와 스토리로 공연되는 중이죠 상주 역 주인공은 무언가 어색하고 그 옆으로 너무 슬픈 척 가식처럼 느껴지는 조연배우들도 한 편의 드라마틱한 이야기를 받쳐주지 못하고 있어요

감동으로 물든 박수만 바라는 이기심이 가득한 무대가 끝나고 나면 암막 커튼이 내려지는 시간까지 짙은 화장을 한 연기자들의 마음에도 없는 예의로부터 손바닥은 벌써부터 뻐근해져요 관객들은 어딜 가도 별반 다를 것도 없는, 흔하디 흔한 연극 한 편을 본 뒤에는 육개장 국물을 누가 먼저랄 것도 없이 허겁지겁 입속으로 꾸역꾸역 집어넣어요

그런 다음, 이제는 본인 스스로 숲으로 돌아가는 연극 연습을 시작하게 되죠

첫 씬(scene)은 자신의 온몸에 굵은 소금을 뿌려대는 주술과도 같은 회상 장면이에요.

별들의 주소

하늘 아래로 내려오고 싶어도

더 이상은 떨어지지 못해

눈물로 반짝이는 별들에게는

아무나 닿을 수 없는 그들만의 주소가 있다

문득, 뒤돌아보면 숨겨진

별들의 또 다른 주소가

지나간 날짜로는 접수되지 않는

당일 배송도 가능한 주소가 있다

갓 잡아 올린 팔딱팔딱 싱싱한 별,

장인 손끝으로 정성스레 한 땀 한 땀 새긴 별,

1+1 기획 상품으로 구입이 가능한 별,

눈에 피로도가 훨씬 적은 최신 LED별,

열 개 이상은 무조건 무료 배송이 되는 별,

결제 금액의 일부를 샛별 포인트로 돌려주는 별,

5% 할인 쿠폰으로 첫 구입 혜택까지 누릴 수 있는 별, 들
도 있다

정연일 현대시

단 한 번의 클릭으로 집 앞 언덕까지 배달되는 별들의
브랜드 생명력은 날이 갈수록 짧아지는 편이다

오늘 밤, 어두워진 하늘에
꼭 불이 켜져 있어야만 되는 별들의 총 판매량에 관해서는
운송장 번호로만 확인이 될 수 있다

그러나 가끔은 결제 완료된 후에
곧바로 품절되어버리는 골라 담기 가능한 별이 걸릴 때도
있다

생각했던 것보다 환하게 켜지지 않는 별빛으로 인한
교환이나 환불은 왕복택배비를 구매자가 부담하는 조건
으로
우리는 분쟁의 실마리를 아주 쉽게 찾을 수 있다

쇼핑 중독된 나무가 멀리 손을 뻗어 별 끝으로 다가가려
하고
눈먼 새들도 날아가는 법을 배우자마자 별을 따보려고 떠
났지만

뜬구름들만 유일하게 별무리 주변으로 서성거릴 뿐이다

서로 멀리 떨어져 있어야 한다는 건, 상처다
모두에게 똑같은 크기로, 그건,
쪼개지고 부서져도 길들여 지지 않는 이, 별들의 아픔처럼

혼자만 또 멀어지고 있는 밤,
회한의 마음들을 고이 접고 접으면
어제 내가 주문한 별들이 밤하늘에 하나둘씩 배송되고 있다.

정연일 현대시

나이가 들어갈수록

자랑할 일들만 늘어나고

나는

살수록 밀지기만 하는 세상에서

시를 끄적거리면서 산다

YI가 YI에게

그래 나 당신 없인
아마 나 당신 없인
어쩜 난 당신 없이
절대 난 당신 없이

아침이 오고
저녁이 가고
하루가 길고
밤은 깊어도

그래도 나는
어차피 당신 없이는

정연일 현대시

하루가 가고

인생은 가도

그래도 나는

어쩌면 당신 없이는

절대로 당신 없이는

어차피 당신 없인.

증명

나로 나일 수가 있다는 것
너로 인해 나일 수 있다는 것

너를 증명해봐
태어나지 못했던 고향에서
지구 반대편에서 찍어놓은 사진들과
반짝이는 별들의 체중과
일렁이던 물결의 키를 재고
햇살 앞에 두 눈뜨고 똑바로 서서
아직 너는 씩씩하게 살아있다고
분명히 보여줘 봐

너는 어디로부터 와서
어디까지를 가는 건지

얼마나 더 자랄 수가 있을지를
기어이 한세상 살아낼 수 있다고

이 자리에서
분명하고 떳떳하게
증명해봐

복사꽃

저물어가던 아버진 끝내,
그해 겨울을 넘지 못하고
얇은 복사꽃처럼
맨바닥으로 미끄러졌다
한평생 당신이 가질 수 없는 것만
꿈꾸시던 아버지…의 넋두리처럼
분홍빛 물든 언덕은 연기처럼 길어지고
세상 어디 가벼운 몸 하나
누울 곳 없겠냐며 마른 땅 언저리에
복사꽃은 기어이 피어올라
눈시울처럼 붉어져간다

언제부터였는지
그의 면모를 복제해버린 나는
작은 바람 하나에도
자꾸만 비틀거렸다

면과 면 사이는 최대한 얇아져야

서로 부딪히지 않게 가까이 닿아야만

너무 모나지 않게

이 세상을 살아갈 수 있는 법이란다

아버지의 유언을 닮은 문장들,

꽃잎이 되어 흩어져 날리고

한동안 바람은 고요하기만 한데

제 몸 스스로 사투를 벌이며

눈물겹도록 말할 수 없는 그리움을

간직하고 있는 복사꽃,

이… 올해도 어김없이

긴 그림자처럼 나의 등 뒤에서

숨을 죽여가며 저 홀로,

꽃을 피우고 있었다.

붉은 개미 1

O람이 그날의 과거O
뒤O는 시간들 너O난
한번O 흔적을 O기지
않O지 떠내려 갔O던
O물만 뒤돌아 눈물O
흘O고 있었다 때O는
위험O 사랑도 O서진
꿈O럼 아득히 흩O져
O리의 마음도 사라O
것O에 오른쪽 가O을
붙잡O 때로는 O놓아
울O도 했건만 이O는
O나는 계절이 서서O
낙O만 뒤집고 있O지
있지O 마지막 O리의
가O도 이별만 말O고
O었다 그랬다 너에O

그랬던가
울먹이듯 바깥에 기대어

오늘도 바O에 기대어
울OO듯
외로이 걸어가야만 하는
웃는 듯, 우는 0,
새빨간 거짓말 같은
붉은 개미,

먼 사랑마저 상처로 남아,
바람처럼 흔적도 없이
나의 전부를 흔들고 있다
새O간 O짓말 O은,
바람이 부는 날, 너와 나
거짓O 같은, 붉O,
개O,

손대면 손댈수록 시들어가는 꽃잎처럼

만지면 만질수록 타들어가는 사랑처럼

붉은 개미 2

내리쬐는 태양 아래

오늘 하루도

바쁘게 굴러다니는 개미들을

하염없이 바라 보고 있는 나,

어디로 가고 있는지

과연 무엇을 남기며 가는지

알 수가 없는, 그것들

그래 내 삶도 누군가가

멀리서 바라봐 줬으면

가슴을 졸이며 누군가 따뜻한 눈길로

나를 지켜봐 줬으면

따스한 시선으로 따라와 주웠으면

사랑은 연체 중

"귀하의 그리움에 대한 잔액부족으로 인하여

금일 중에 출금되지 못하였으니

새로운 연애 시작 3일 전까지는

결제되어야 할 미납한 사랑을

현재 남아있는 외로움으로라도

자동이체 계좌로 입금하여 주시기 바랍니다"

지난 사랑의 빚을 독촉하는 문자는 수시로 전송됐다

오늘도 나는

옛사랑에게 받았던 추억이란 빚을 갚기 위해

더 큰 사랑이 있는 곳의 문을 두드려

좀 더 이자가 적은 대출을 알아보고 있는 중이다

빈털터리 시인에게

가능한 대출이라곤

햇살론과 달빛론 들뿐,

고금리인 억새 풀들은 피해 가야만 한다

오후에는 중개인 귀머거리 뱀이

수수료를 받아 챙기고 총총히 사라져갔다
네가 남기고 간
삶의 빚은 계속 쌓여져만 가고 있다

빚은 갚으면 그뿐이라는데,
사랑도 떠나면 그뿐이라는데,

내게 아직까지 남은 미련들을 담보로
받았던 사랑의 원금만큼이라도
너라는 빚을 돌리고 돌려서
다만 일부분이라도 상환할 수 있다면 좋으련만

네가 떠난 후
살면서 조금씩은 갚을 수 있을 거라 생각했는데
끝끝내,
나의 사랑은 늘 그렇게, 또 연체 중이다

그럭저럭 하루를,

겨우겨우 지친 하루를,

눈물겹게 힘든 나의 하루를,

이따금씩 너에게 송금해 주고 있을 뿐, 이다

네가 없어진 시간만큼

내 몫의 부채는 지금 이 순간에도

계속적으로 늘어 가고 있는데

감당할 수 없는데

늦은 그날 밤, 문밖에서 노숙하던 바람은

끝내 그립던 자살을 택했다고 한다

그대에게 가지 못하고 나는

왜 이리 멀리 와버렸는지요

멀리도 돌아, 돌아 이곳에서

나는 왜 오직 그대만을 그리는 건가요

사실은

개나리가 핀다고
봄이 오는 것이 아니라
겨울이 곧 떠나기 때문에
개나리는 여기저기서 피어나는 것이다

봄이 온다고
개나리가 웃는 것이 아니라
겨울을 맘 편히 떠나 보내기 위해서
개나리는 애써 웃음을 보이는 것이다

홀로 떠나가는 그동안의 겨울이
안타까웠을 것이다
개나리는
말없이 사라지는 한겨울이
버리고 떠나가는 한겨울이
그립고도 먹먹했을 것이다

정연일 현대시

그래서

아주 활짝 흔들거리며 환하게 피어보는 것이다

애써 환하게 웃어 보이는 것이다

되려 힘겹게 웃어 보는 것이다

힘겨워하던 겨울을

차라리 먼 길 마음 편하게

떠나 보내기 위하여

슬픔으로 헤어지지 않기 위하여

오히려 환하게 피어나고 있는

오히려 환한 웃음만 보이는

이 노란 손수건,

이 노란 작별의 방울 소리, 들

눈물이 많은 나는 그래도,

당신을 사랑했다고 조심스레 말해 보았다

새는, 나는 새는

새는

원을 그렸을 뿐인데
허공을 갈랐을 뿐인데

나는
삶을 그었을 뿐인데
마음을 다했을 뿐인데

멀리 날아가고 있다 새는
죽을 듯 떠나가려만 한다 나는

멀리 떠나가려고만 했다 나는 새는
숨 멎을 듯 높이 올라가려고만 했다 새는 나는

나는, 새는, 나는
오롯이 그대를 그리워만 했을 뿐인데…

소형 라디오

장마비는 추.적.추.적

낡은 서랍을 열면, 먼지 수북한 공간 사이로
아주 조그만 소형 라디오
적어도 몇십 년은 넘어왔겠다
이렇게 투박한 옛날 방식은

버리지 않고 보이지 않는 곳에
쳐박아두면 언젠가
시간이 흘러 흘러가
다시 꺼내 보는 날이 있나 보다
다시 찾게 되는 날이 오나 보다

정연일 현대시

너와 나의

사랑도 그러했음… 좋겠다

바쁜 일상에 묻혀 생각지도 못하다가

우연히 옛 보물이라도 찾은 듯

그렇게 생각지도 않게 발견될 때가

그렇게 다시 마주할 기회가 있기를

너와 나의

사랑도 그러했음… 좋겠다

내 안 깊숙이 오랫동안 박혀 있는

먼지가 끼어버린 오래된 나의 사랑아!

수학공식과
러브라인의 삼각관계,

그립던 날들의 경우
각각 반지름을 곱해보면
눈먼 사랑의 크기로
가늠되어진다

너와 나의 사랑에 대한
오차율은 얼마였는지
계산기를 연신 두드려봐도
표준 오차는 좀처럼
구해지질 않는다

너를 제대로 알지 못하고
너를 헤아려 주지 못했던,
경우의 수가 솔직히 더 많았었다

정연일 현대시

네가 원했던 사랑을 더하고

내가 원한 사랑을 빼내어

그 나머지 값을 서로 곱해서

너의 눈물로만 나누어보면

어느 삼류 드라마 속에서나

나오는 사랑공식이 되어 버리곤 했다

무거운 세상일들이

홀수와 짝수로만 구분된다면

그 얼마나 가볍고 단순하고 또 투명해질까,

철없던 사랑은

소수점으로만 기억되어

그의 값을 알 수가 없고

요즘 세대들의

인스턴트 사랑은 늘

평행사변형으로만
정의되어 버리곤 한다

내가 구하고자 하는
사랑의 방정식은 종종 머리가 아팠지만
어쩌다 해답이 구해지는 날이면,
그런 날의 날씨는
맑은 바람 안에서 루트로만 불어온다

너의 옆면에서
너라는 높이에서
그리움의 면적을 구하려고 하면
나는 얼마나 더 밑면에 깔려서
죽도록 헤매어야만 할까

어디에도 정답은 없고
어디에나 정답은 있다

마침내,
무리함수가 되어버린
너와 나의 삼각뿔 속 러브라인.

정연일 현대시

지나간 시간은 다시 돌아오지 않는다

허나

다가올 시간도 미리 그 누구도 알 수 없다

시간이 시간에 섞이고 버무려져

시간이 시간에 있고

시간 속의 시간이 있다

분명

세월이 겹치면 만나게 될 것을

지금의 그리움이 모이고 모여

또 그러다 보면

다시

돌아오는 게

돌아올 수 있는 게

추억이고 시간이어라

신나는 S

잘, 봐, 구름도 서로 몸을 섞잖니

자, 자, 가만히 너의 몸을 눕혀봐

그리고 천천히 두 눈을 감도록 해

지금부터 들리니?

양쪽 귀에서 일렁이는 나의 숨소리들,

사람들은 곧잘 나를 바람이라고 부르곤 하지

이제부터 나에게 집중할 시간이야

그립던 것들은 항상 말을 줄이지

해 돋는 언덕과

푸른 바다의 속삭임을

멈출 수가 없었어

먼 수평선을 당겨보면 네가 보일 것 같아

해와 달과 시간과 반짝이는 별빛을 모아두고

너를 기다려

나에게 노래를 불러줄 수 있니?

너의 목소리는 밤에 더 어울려

정연일 현대시

사랑을 속삭일 수 있는 어둔 밤이 돼야만

고목나무들은 흔들리며 자라나

귀머거리 새들도 사랑을 알기는 알까

아름다운 빗소리를 들으면 첫 키스가 생각나

흰 눈이 쌓이는 날에만 우리 신나게 사랑해

혹시라도 나를 거부할 거라면

그까짓 꽃들은 다 짓밟고 가

지금 이 순간 너에게 타오르고 싶어

그뿐이야

지금 이대로 세상이 멈춘다 해도

너를 품어 바다 위에 누워보고 싶었어

단지 그뿐이야

서로의 체온을 재보는 순간부터 사랑은 시작되지!

너 지금의 온도는 몇 도?

까딱 안 하고

손 하나 까딱 안 하고

나는 늘 시를 줍고 다닌다

긴 밤을 질투하는 미지근한 해를 째려보며

흘러가는 구름들을 방해하는 바람을 훔쳐보며

낮은 포복으로 벌을 서는 강물을 바라보며

너무 손쉽게 예쁜 시어들을 낚는다

별들이 소곤거리다 달빛에 갇힐 때면

내게서 떠나간 사람들을 생각하고

바다를 기억하는 새들이 그리움을 물어 올 때면

조금씩 잊혀간 이웃들을 그려본다

날씨마저 너무나 평범하여서

오늘처럼 당신을 그리워하기 좋은 날엔

그저, 손 하나 까딱 안 하고

그냥 막 떨어지는 시상들을 온통 마음으로 받아 낸다

세상 속 아주 많이 아름답고 해맑기만 한 풍경들에게

나는 늘 미안한 마음을 한쪽 가슴에 담아두며 살고 있다.

글쎄, 이제 나는 눈물을 흘려야 하긴 할 것 같은데…

어떤 노래

그럼에도 불구하고,

지금 나는 어떤 노래를 불러 보아야 하나
적당히 잘 썩고 있다고
적당히 잘 먹고 있다고
적당히 잘 살고 있다고
이미, 적절하게 비운 지는 오래라고

그래도 불구하고,

나는 지금 무슨 노래를 불러 보아야 하나
그럼에도,
나는 지금 어떤 모습으로 살아 있어야 되나
솔직히 나도 적당하게 잘 살고 싶었다고
지금의 나에게 어떤 노래를 불러줘야 하나

정연일 현대시

그리고, 그래서, 그런데?

지금 나는 어떻게 살고 있어야만 되나

나는 지금 어떤 노래를 불러야만,

지금 여기 어떤 꽃으로 피어 있어야만 하나.

해줄 수 없는 일

사랑을 하는 것도
죽어야 하는 일도

밥 한 술 뜨는 일도
술 한 잔 마시는 것도

아름답게 헤어지는 방법도
눈물겹게 감동하는 순간도

버려야 하는 일도
비워내야 하는 것도
잊어버려야 하는 일도
놓아버려야 하는 것도

정연일 현대시

누구도

누군가가

누구나

대신,

역,

너와 나의 플랫폼은 기억한다
머물지 못하고 떠나야 했던 시간을
최고 속도로 헤매기만 하던 그날의 시간을
차창으로 번지는 추억들에 대하여
춤을 추는 겨울나무의 울렁증과
출발선부터 흔들리던 첫사랑에 관하여
그날의 일기장과 말없이 끊기던 전화기에 대해서도
이유 없이 쏟아지던 그렁거림도
이제부터 나는 침묵해 보리라

역과 역 사이에는
철없는 헛소문들이 무성하게 자라났고
바람은 늘 미련을 앞에다 두고 아른거렸다

평행으로 길게 뻗은 레일 위에서

한 발짝 더 앞으로 다가가지 못해

네가 떠난 그 자리에서 한없이 기다려야만 했던,

눈을 뜨지 못한 사랑 하나

허공에다 심어 두고

눈물로 끝내 멀어져야만 했던,

너와 나의 사랑이 멈추어 버린 간이역

또는 안타까운 헤어짐에 관해서도

이제부터 나는 다시 침묵해 보리라

어차피 잊을 것은 잊으라고

어차피 버릴 것은 버리라고

어차피 보낼 깃은 보내주는 거라고

역은,

말없이 등을 밀어

새벽 기차를 멀리 떠나 보내고 있다.

우울# 한잔해

너 같으면 울지 않을 수가 있겠어
갈아버리고 싶은 아침부터
부숴버리고 싶은 초저녁까지
그립다는 거
미치겠다는 거
너 같으면 울고 싶지 않겠어,
너 같으면 울고만 싶지 않겠어,
그냥 울어버리고 싶지 않겠어, 너,
그래도#오늘#비 오는#한잔해#

정연일 현대시

당신, 살아있다면

종로의 세 번째 골목쯤에서

길을 잃었다 피맛골로 기억되는

귀퉁이에 널브러진 소주병들,

그 사이를 비집고 바람은 불어온다

한참을 두리번거리다

어느 초라한 여인숙 앞에서

물을 쏟아낸다 밤의 골목에선 절대 흔적을

남겨서는 안 된다 살아내는 방법은

눈 먼 밤하늘에 별들로만 각인된다

꿈만 먹으면서 살 수는 없다, 라는

어느 선배의 말이 달처럼 금방 차올랐다가

새벽이 다 되고 나서야 길바닥으로 내팽개쳐졌다

영산홍

뜬금없이 영산홍 꽃이
피었다 지는 건
예전, 젊었던 한때 우리들 모습 같았지
사랑의 발화점을 몰랐던 시절
그때를 차마 사랑이라 부를 수 있을까

봄이 오는지 다시 가는 건지
철모르고 사시사철 뜬 눈으로
사랑하던 밤, 그 밤의 추억들을
그때가 감히 그립다고 말할 수 있을까

정연일 현대시

봄이 머무는 캠퍼스에도

잔디 위에

막걸리에

노랫소리 한 움큼 뿌려지던 취했던 오후를

둘러앉았던 낯익은 웃음들을

그때를 차마 청춘이라 기억할 수 있을까

뜬금없이 봄은 말없이 왔다 가고

영산홍 꽃 피었다가 사라진 자리

그 마른자리를 차마 잊었다고 버릴 수 있을까

그 옛날, 잊힌 내 사랑도

해마다 영산홍 꽃처럼

잠깐이라도 웃는 얼굴로 한 번 들러줬으면

차마 안타까운 사랑이었다 하여도

오늘 밤은,

오늘 밤
차고 넘치는 건
누군가 찍어 놓은
저 달이 아니다

오늘 밤
어둠에서 빛이 나는 건
아무나 흘려버린
저 별이 아니다

오늘 이 밤
맑은 눈물 흘리는 건
이 촛불이 아니다
뭉개버린 하얀 종이가 아니다

정연일 현대시

서로 다른 곳에서

하염없이, 하염없는 너와 나

오늘 밤은,

네가 넘치기 전에

내가 먼저 너에게로 기울어가리…

우울들의 반란

일제히 오전에는 일사불란하게 총을 겨눈다
아침까지 투약된 항생제는 약발이 풀렸다가
저녁 늦게서야 슬슬 되살아나기 시작했다
무심한 낮에는 갓 뽑아낸 처방전을 들고서
마취된 구름을 사보려 애를 썼지만
동네 약국 문은 일찌감치 굳게 닫혀 있었다
첫 우울증은 유전이 된다고들 했다
엄마도 분명 공황장애에 관한 약을
몰래 처방받았을 것이다
몽롱한 수면제는 습관적인 지각의
이유가 될 수 있다
어제의 시대는 끝이 났으므로
우리의 오늘은 기대하지 않았던 것 같다
앞으로도 늘 혼자일 것이 분명했다
이렇게나마 약으로 버텨왔다
두통이 극에 달했던 밤 9시엔

한잔 술로 고통을 이겨보려는 사람들을 비집고

허름한 귀퉁이 약국 문을 두드려 보았지만

새치머리 늙은 약사는

고혈압 약이라도 의사의 처방이 무조건 필요하다는

쓸데없는 말들만 앵무새처럼 되풀이했다

구름 속에서 민폐를 끼치며 사는 것들은

언제쯤에야 총탄을 맞고

아름다운 마지막으로 전사할 수 있을까

가끔은, 흔적도 없이

깨끗하게 사라지는 것들이 마냥 부러울 때가 있다

사실은, 환한 미소를 지어본 지 너무나 오래되었다

오늘도 역시,

 어제는 어제일 뿐이라는 우울들을 장전하고

물렁해진 밤하늘을 향하여

 아주 손쉬운 별들만을 겨냥해 본다

구름이 속력을 내는

가을 하늘에는

먼저 간 사람들의

못다 한 이야기가

맑은 강이 되어 흘러간다

이것이 fact

여기에서 팩트는 뭐죠

당신이 언제 길모퉁이를 돌아서

집으로 들어갔냐는 사실인 거죠

들꽃을 눈으로 구타한 사실이 있습니까?

발끝에 치이는 돌멩이도 차 본 적이 없다?

하다못해 길거리에 나뒹구는

찌그러진 깡통이라도 발로 찬 적은 있을 거 아닙니까?

그때 그 옆에서 놀던 낙엽들이 생생히 기억하고 있어요

당신은 지금 위증하고 있는 겁니까

마지막으로 다시 묻겠습니다

어젯밤, 길가 가로수의 옆구리를

힘차게 걷어차버린 적 있습니까

술김에 올라오는 보도블록을

짓밟은 적이 없습니까

빈 주먹을 허공으로 날려버린 적이 결코,

있습니까, 없습니까?

그럴 목적은 없었겠지만
당신은 태어나면서부터 피고인이 된 셈이죠

*하늘과 바람과 별과 시와 구름
산과 들의 꽃과 나무들,
당신의 손과 발에 치이는 모든 것들은
결국 마지막엔 전부 다 증인이 될 수 있다는 점을
반드시 명심해 두세요

그렇다면, 여기에서 팩트는 뭐죠
당신이 언제 이 모든 세상 이치를 깨달아
한들 바람으로라도 돌아갈 수 있느냐
하는 사실인 거죠

지금까지 살아오면서
있었던 사실을, 있는 그대로만
증언하는 것이 그리 어려웠던 일인가요
이것이 다만 오늘을 사는

정연일 현대시

우리들의 진정한 fact인가요

왜 우리의 마지막은
늘 아름답지 못한 건가요
그것이 fact이건 fuck이건
이젠 그리, 더 이상 중요한 일은 아니겠죠

과연, 지금 이곳에서의 진짜 fact는
도대체 뭔가요, 도대체
이 세상에 fact는 진짜 뭔가요

*윤동주 '하늘과 바람과 별과 시' 인용.

이걸 화악花樂

이유

묻지 마라
허락도 없이 봄꽃들이
길가를 점령하는 이유를
느린 나무가 제멋대로
한숨을 쉬어대는 이유를
그리운 비가 내리는
사실들에 관하여 묻지 말고
최대한 침묵할 것

묻지 마라
사랑이란 이름으로
떠나가는 모든 것들에 대하여
아무것도 그 이유를 묻지 마라

정연일 현대시

이유 없이 마침내

환한 봄날이 오듯이

아무런 이유가 없는 것들은

그렇게 투명한 것들은

언제나 아름답게 눈부시다

묻지 마라

한 시절, 꽃은 반드시

낮은 곳으로 시들어 떨어져야만 하는

그 이유를 굳이 묻지는 마라.

대소면 한진아파트

죽어서도 별이 되지 못한 사람들은
아침 안개로나마 밑바닥으로 깔리어 간다
안개 주의보로 시작되는
음성군 한진아파트,
9층에서 나는 뛰어내리지도 못하고
옛 동네를 바라보며 오래된 추억을 깁는다
벽에 못을 박는 일처럼
당신을 기억하는 일도
아주 쉽게 흔적이 되어줬으면 한다
당신을 버리는 일도
손쉽게 분리수거 되었으면 한다
질긴 소나무처럼 내 안에 박힌 한 사람이
꿈틀거리며 습관처럼 나와 함께 살고 있다

이정표

누가 나에게 좀 알려줄래

어디로 가야 하는지

어느 길로 들어서야 하는지

목적지를 앞에 두고 나홀로 헤매이고 있네

당신에게로 가는 길을

당신에게 도착하는 법을

나는 아직도 모르고 있네

나는 아직도 헤매이고 있네

인디에게

그래, 인디~

알고 있다

부서져 가고 있는 건

너뿐이 아니란 걸

하루는 짧기만 했어

해가 지는 시간까지

허탕을 치는 날에는

일당마저 받을 수가 없어,

그래서 밤이 되고 나서야

너에게 편지를 쓴다, 인디~

퐁네프의 다리에서

온종일 저녁을 보내다 보면

알게 될 거야

몇 날 며칠,

마음이 부서졌던 이유를

울컥하는 것들은 어쩐지 향기롭다는 것을

산다는 게 매일 아픈 일들의 연속이란 걸

그래, 인디~
너는 항상 그림 안에서만 말을 하지,
오늘은 마침 흑백 영화가 보고 싶어졌어, 인디
어젯밤 달빛을 줄곧 따라가 보다
너의 뒷모습을 보았어,
영원한 내 편인, 인디
불 꺼진 너의 창을 한참 동안 바라봐,
붉게 변해갔던 바다를 기억하니, 인디
차가운 벽 안에서만 살고 있는
너를 언제까지 나는 기억할 수 있을까

우린 더 이상 사랑하면 안 될 거였어, 인디
나를 다시 떠나가도 괜찮아,
그래도 괜찮아, 인디
차츰 나도 괜찮아지고 있어

어제는 수취인 불명된 우표가 돌아왔어, 인디
그곳은 지금 어떤 거니, 인디, 인디…

이걸 화악花樂

저녁나절

허공의 틈으로 바람이 제공되면
뜬구름처럼 읽어내지 못한 사연들은
낡은 기억 속으로 사라져간다

머-언 바다가 그리워 집을 나서는
거리의 가로등 불빛,

게운 하루를 버티어 온 엄마의 이마 위에
닳아진 삶의 무게를 살며시 내려놓은
아빠의 왼쪽 구두 안에도,
물렁했던 하루는 집집마다 굴뚝으로 피어오르고

저녁나절을 마감하는 서산 해가

슬쩍 곡선으로 미끄러지면

밀려왔다 밀려가는 파도를 붙잡고

바다는 빠알간 눈으로,

소망이라는 단어 하나를

바쁘게 철썩거리고 있다

몇 송이의 하얀 눈만

바다 위로 흩날리는

가볍고 담담한 저녁,

붉어진 노을 뒤에서 시간은 천천히 익어가고 있다.

적막

소리 없이 울어본 자는 안다
봄비를 맞고 있는 꽃들은 아픔을 간직하고
눈물로 울어야만 드디어 아름답게 피어난다는 것을

말없이 울어본 적이 있는 이는 안다
가녀린 저 새들마저도 외로움을 어쩌지 못해
하늘과 구름 사이로 방황하고 있는 것임을

가슴속 깊이 눈물을 참아본 이는 안다
한겨울 외로운 나무들 서로의 상처를 보듬지 못하고
멀리 떨어져 있음에 안타까운 눈물 흘린다는 것을

저 너머 숲도 어디 하나 마음 둘 곳 없어
차라리 스스로 울창한 것임을

누군가를 위해

가슴 아픈 눈물을 삼키는 일만큼

안타까운 일이 또 있으랴

아무렇지 않은 척 그대를 보내는 일이

나에겐 그.랬다

비를 맞고 있는 봄꽃들도

홀로 날고 있는 산 너머 새들도

겨울 눈서리 맨몸으로 맞고 서있는 저 나무들도

스스로, 스스로를 위로하며 눈물 흘린다

사랑하는 사람을, 이유도 묻지 않고 보내본 사람은

그 사람을 위해 아무도 모르게 흐느껴 본 자는 안다

사랑은 또한 눈물겹다는 것도 안다

적막 속에서 혼자 울고 있는 이는

적막 속에서 홀로 눈물로 보내는 이는

무게

가벼워야 해

가벼워져야 해

시는 가벼워져, 야

해, 라고 생각해

무거운 건

삶의 무게만도 버거워

가볍게 생각해야, 해

여기 누구, 홀로 무거운 짐

기꺼이 짊어지고 갈 사람 있어?

가벼워야 해

가벼워져야만, 해,

라고 쓴다

아등바등 살아봤자

점점 더 큰 무게가 짓누를 뿐이지,

만 그렇지,,,만, 나는 쓴다

너에 대해, 너의 소중함에 대해

정연일 현대시

아직도 모르는 순수한 사랑에 대하여

나는 쓴다,

그 언젠가 가벼웠던 너의 밤들에 대해

그래도 나는 쓴다,

아직도 너를, 너를 생각한다

오늘도

꿈속에선

또 무겁도록

가위에 눌리겠군…

젠장, 너를 아주 가볍게 그리워할 수만 있다면.

팔딱팔딱 뛰는 언어들을 한 번 낚아보고 싶.었.다

싱싱한 단어들을 한 번 제대로 회쳐먹고 싶.었.다

칠장산

사람들, 발길 뜸한
명적암 입구에 서면
낮고 아담해서 더 아름다운
칠장산
살며시 고개를 내밀고 있다

떠나간 님, 낯선 등줄기의 각도인 듯
가파른 산을 오르다 보면
솔-솔 풍기는
아침 햇살 듬뿍 받아먹은 잎들의 살갗 냄새
막 자다 일어난 새들만이
요란하게 음미 중이다
숱한 묵념들 보았을 돌무덤 앞을 지날 무렵,
능선은 어깨 위로 살짝 걸쳐진다
수백 년 전, 임꺽정도 이 길을 지나갔을까
나라를 원망했던 마음들 산골 굽이굽이

쌓이고 쌓여

어렵게 모색했던 방안들 나뭇잎 표면 위에

비언처럼 딱딱하게 적혀 있다

긴 바람을 따라가다가

넋을 놓고 걸어가다가

갑작스런 잔비가 내린다

커다란 잎 하나로 살살 달래가며 걷는 길

나처럼 다급해진 꽃나비를 쫓아가다

잠시 멈추어보면

이곳저곳 살랑거리는 봄의 기지개들

겨우내 근심 묻어버리고 기어이 피고만

철쭉들 사이를 비집고, 수줍은 봄바람 분다

가파른 계곡을 돌고, 돌아보면

하나의 산이 산을 낳고

형제의 산이 되어 산이 또 그 산을

크게 품고서 뻗어나가는,

그런 산들이 옛 선비마냥 꼿꼿하게 서 있다

아, 그 속에서 한낱 허망한 욕정쯤은

모조리 버리고 와도 상관없겠다

칠장산을 다 내려오고 나면

검은 구름의 먹물을 잔뜩 묻혀

커다란 휘장으로 마음속의 글귀

하나쯤은,

한동안 가슴속 깊게 새겨 넣고프다.

편두통

죽어가는 식물에 관한 생각을 하다 말고

씁쓸한 맥심 커피를 탄다

너는 함께, 라는 단어로 압축되어

빌어먹을 머릿속에서 자꾸만 꿈틀거렸다

이제 더 이상

진통제도 말을 듣질 않아, 나, 난

겨우겨우 햇살도 없는 방 안에서 눅눅거린다

곰팡이만 부대끼는 나의 방구석엔

그 언젠가 웃고 있던 네가 뿌리처럼 살고 있었다

아껴왔던 라벤더 향 페브리즈를 뿌려본다

느린 창문 사이로 흰 눈만이 함몰되고

나는 펜잘 같은 여자 하나쯤은 갖고 싶다고

침침한 꽃문양 벽지에다가

검은색 모나미 볼펜으로 하릴없이 메모를 한다

이따금 한쪽 구석이 아파진다고

하필 이렇게 맑은 날이면

꼭, 네가 3인칭으로만 시리도록 아려온다고

신호등처럼 직진인지

좌회전인지 우회전을 해야 하는지

말해주던 사람을 놓아본 적이 있다

당신을 잃어버린 사각지대에서 나는,

마침내 길을 잃고 말았다

편의점 I

네온사인이 불타는 밤이 되면
24시간 동안 하얗게 지새우던 편의점은
시간이 갈수록 말짱하고 도도하게
자리를 버티고 있다
그 안에선
쩨쩨하게 굴면 안 돼
나무젓가락을 떨어뜨려서도 안 돼
이 시간만큼은
나는 시간에 쫓기는 골드 프리랜서,
노곤했던 하루가 전자 바코드에 찍히고
몸값이 정해지는 순간까지
절대 마음을 놓아서는 안 돼
비록 오늘의 일용할 양식이
밥은 햇반, 국은 컵라면일지라도
쉽게 가벼워 보여선 안 돼

이 순간만큼은

이 세상 최고의 만찬인 거야

공허한 허기를 간단하게 때울지라도

절대로 배고픔을 남들에게 들켜선 안 돼

시인들은 모두 가난하다고 알려져서는 안 돼

술 취한 사람들만 득실거리는

통제 불가능한 새벽 3시, 쯤

편의점 안은 온통 실업자들만의 천국이다.

필라멘트 Filament

허공에서 반짝이다

꺼졌다, 가 사라진다

필라멘트(filament)의 계절을 넘어,

너는 속삭이다, 가

어느 순간 또 꺼져버린다

너의 눈 속에서만 사는 나를

언젠가는 용서해주렴

인연과 인연을 잇고 있는 그,

곳에서 잠시 빛을 내보다가

스러지는 별처럼 꺼져갈 듯 깜박인다

헤어짐도 반복되면

저 불빛처럼 아득해지는가

어디서부터 길은 끊어졌는지

흐르던 길들이 깜박거린다

더딘 접촉만으로 더는 살 수가 없어

제발 나에게서 떨어지지 마!

깜박인다 꺼져 간다 반짝이다, 가 꺼져 버린다

망각의 바다를 건너가는 낙타를 보았으나
붉게 변해가는 강물을 헤집어 보았으나
너는 다시 꺼져 간다
빛이 저물어 가는 것들은
말하지 못한 그리움으로 점멸이 되고
꿈을 꾸듯 아련한 너와의
간극 속에서 우린 결국 만나지 못한 채
순간 반짝였다, 침묵만으로 산화되어 간다
나는 너를 끝끝내 건너가지는 못할 것 같구나
아직까지 점등되지 못한 먼 별빛 하나가
잠시 반짝거리다, 가 마침내 사라져 갔다

오~ 제발
어둠뿐인 그,
곳에서 보고 싶다고 말해주지 마!

아무도 바라봐 주는 이 없어,
꾸벅꾸벅 졸고 있는 저 먼 별들은
언젠가 너와 내가 쌓아놓은 미련들처럼
안타깝게 끊어져 버리고, 만
몇십 촉의 백열등 속 필라멘트다.

정연일 현대시

하루살이

거울을 보면
끝까지, 그저 살아보겠다고
하루 종일 바둥거렸던
너와 내가
먹구름 주름 사이로 힘겹게 걸쳐져 있다
오늘도
마감 뉴스는 툭하면 그날의 재방송이다

한 사람을 잊는다는 건

잊힌다는 건
꽃잎이 지는 일 때문이 아니야
해마다 봄빛이 드리우는 환한 날들처럼
아지랑이가 마침내 기지개를 펴는 일이야

그리워진다는 건
한 겨울나무가 숨죽여
나이테를 세어 보는 일만은 아니야
한 뼘의 그늘을 만들어내야 하는
나뭇잎의 아름다운 수고들이야

사랑이라는 건
나비가 꽃을 찾아가는 일만은 아니야
바람이 봄을 데려오는 일만이 아니야
마음속의 그대를 잊는다는 건
가슴속에 툭…

정연일 현대시

그대가 무겁게 떨어질 수 있다는 건
마냥 그립기만 한다는 건
회색 구름이 차가운 눈물을 흘리는
미치고픈 오후 때문이 아니야

누군가를 잊는다는 건
매일 아침의 고요가 자꾸만
익숙해지기 때문은 아니야
한 사람을 잊는다는 건
그렇게 서서히 잊히는 건
그것들 때문이 아니야, 아니야
한 사람을 잊으려고 한다는 건.

너무 넘치지도 모자르지도 않게

너무 뜨겁지도 차갑지도 않게

나는 너를 사랑했어야 했다

한 푼만

모른 척하지 마시고

한 푼만 도와주십시오

납작 엎드려 구걸하오니

다만 한 푼만이라도

이 가여운 중생에게

적선을 베풀어 주십시오

애절하지 않습니까

이 눈빛

불쌍하지 않습니까

이 몰골

어젯밤에도

손가락 하나 까딱하지 못하다가

거우거우

빈 노트에 절망들만 가득 담긴

이야기를 쓰다가 잠들어 버렸습니다

식솔들에게 나누어 줄

글 조각 하나 동냥을 얻지 못하고

끝끝내 허기진 배고픔에 못 이겨

체면 무릅쓰고 집 밖으로 기어 나와

이리 차가운 돗자리 위에서

금방이라도 죽을 듯 엎드린 채

그깟 놈의 자존심 따윈 구겨버리고

이렇게 당신께 구걸하오니

제발 한 푼만

시적인 영감을 제게 한 푼만

시상의 동전 한 닢이라도

제게 조금만 나누어 주시기를

어리석게도 아무렇게나 시 하나 쓰면

떼돈을 버는 줄 알고

마냥 세상의 풍경들과 놀고만 있었습니다

제발 시 한 푼만

도와주십시오

한 번만 도와주십시오

단지 아주 잘 쓰여진

사람들 감성 촉촉이 주무르고도 남을

원고지 단 몇 장만이라도

저에게 제발 너그럽게

하사하여 주옵시길.

환하게 울기

목젖을 뒤로 두 번만 접어봐

굳이 혀끝까지 찰 필요는 없어

코끝은 정면으로 집중하도록 해

이마는 지나간 세월처럼

주름이 심하게 구겨질 수 있도록 접어 보며

눈썹은 살짝 당겨 미간 끄트머리에 안착시켜

빈 가슴은 최대한 오므리도록 해

양쪽 볼에 숨겨진 이야기는

빨개지는 시간까지만 간직하고 있으면 돼

정연일 현대시

떠나간 사람은 딱 두 번만 생각해

끝나버린 사랑에 미련 따위는 두지 말고

열병이란 게 한순간 후-욱

지나갈 거라 착각하지도 말며

눈썹은 슬쩍 끌어당겨 아까처럼

미간 끄트머리에 갖다 놔

뜨겁고 강렬한 태양은

절대, 또 결코

피해서는 안 될 것이며

최대한 있는 힘껏 두 눈 뜨고 째려볼 것

자, 어때? 눈이 좀 부시니?

그럼 바로 지금이야, 이제부터 환하게 울어봐.

흘러가는 너의 노래,

어둠이라는 너의 말에 물들어 간다
곧이어 둘만의 대화는 차단되어 갔으며
너의 입술은 에스프레소 커피 향처럼
진한 마지막을 남기고 사라지곤 했다
흘러간 LP판처럼 사랑은 튄다
마음을 다해 흘러내렸으나
다시 돌아올 수 없는 저녁은 골목길 어귀
그 어디쯤에야 타오르고 있었던가
동네의 맨 끝 집, 당신의 집 식탁엔
별빛들만 가득가득 쌓이고 있었지
자정이 다 되고 나서야 길을 나서는 나의 일기장들
고장 난 벽시계 초침처럼 삐걱대며 서로를 오고 가는 사이,
썰물 가듯 하루는 흔적도 없이 휩쓸려 간다
곧이라는 단어에 곧 익숙해져 간다
골목과 골목을 이어 붙였던 봉숭아 꽃들이
너에게 물들어 갈 때쯤이거나

정연일 현대시

고요한 것들이 헤엄치는 골목 끝 모서리에서

우리는 가끔 마주치곤 했었다

너와의 온도 차이를 이미 알고 있다

느려진 골목길이 돌아누운 저녁,

그런 날 그런 밤들은

비워버린 소주 몇 병을 더 이해해야만 했을까

마음이 흘러간 LP판처럼,

흐르는 너의 골목이 자꾸만 튕겨져 가고 있다

시인과 독자

그것에 있었다
그것에 분명히 있었다
당신과 나, 서로 끌려가지 않으려는
끌리지 않으려는 이 팽팽한 줄다리기
그렇게 나를 굳이 잡아당겨야 했니?
그치만, 내가 그리 쉽게 끌려갈 것 같아 보이니?
옳게 판단하는 게 그리 간단한 일이니?

너를 자꾸자꾸 흔들어 보는 건
나에겐 또 다른 재미가 되기에도 충분해

설마 내가 네게 그리 쉽게 읽힐 것 같니?
그 잘난 비평가님들도 그렇게는 못할걸
왼손잡이처럼 쓴 글씨는 도무지 알아보지도 못할걸
막 나가는 나를 쉽게 정의 내릴 수는 없을걸

정연일 현대시

당신과 나는 어느 꼭지점에서 만나야만
각자 서로의 합의점을 찾을 수 있을까

방금 찍어낸 시집 한 권을 사이에 두고
무언의 압박 속
무언의 침묵 속
 그사이에 흐르는
당신과 나만의 이 팽팽한 긴장들,

당신은 나를 어쩌지도 못할걸
당신은 내게 손도 대지 못할걸
제풀에 지쳐버린 당신은 조용히 나를 덮어 버릴걸
쓰레기처럼 나를 버릴걸, 분쇄기에 넣고 갈아 버릴걸,

강물은

이룰 수 없다는 듯 흘러
가둬둘 수 없다는 듯이 흘러
이르지 못하는 듯 흘러
멈출 수 없다는 듯이

흘러 흘러

강물은 또 저렇게, 저미게
흘러 또 흘러

정연일 현대시

그들, 의

낮을 뭉개면
그 틈으로
햇볕이 반짝였다

밤을 찢으면
그 사이로
별들이 쏟아졌다

차라리 당신에게 아픈
손가락이라도 될 수 있었다면

그들의 낮과 밤은 때때로
간절, 이라는 단어 속으로 사라져 갔다

알지

그대 울어보면 알지
눈물을 삼키는 일이
죽기보다 힘든 일이었다는 걸

그대 그리워해보면 알지
끝내 볼 수 없다는 게
나를 버리는 일보다 어려운 것임을

나는 아직도 그대가,
아직도 나는 그대가 그립다

그대 사랑해보면 알지
아무도 모르게 어느 곳, 어딘가에서
나를 위해 눈물을 흘리는 사람이 있었다는 걸

정연일 현대시

그대 사랑을 해본 후에는 알지

늘 평행으로만 이어지지 않는 사랑도 있다는 걸

외로이 강물처럼

저 홀로 흘러야만

깊어지는 사랑도 있다는 걸 알지

바로 앞의 눈물겨운 사랑도

비로소 세월이 흘러간 뒤에야 알지,

그때야 알게 되지

봉국사를 나서며

바람이라 한들
구름이라 한들
나무라 한들
숲이라 한들

눈이 온다 한들
비가 내린다 한들
어둠이 깔린다 한들
날이 밝는다 한들

어떻습니까

산을 올라가야 한들
산에서 내려와야 한들

정연일 현대시

어떻습니까

무언들 어떠하겠습니까

한세상 저렇게 흘러가야 한들

한세상 이렇게 머물렀다 가야 한들

안암동 고대 병원

고대 병원 응급실에서는
매번 밤이 짧아집니다

목적지를 알 수 없는 사람들은
점점 대화도 짧아져만 갑니다

아직도 병실 창문으로
손을 흔들 것만 같은 당신의 모습은
이제 먼 노을처럼 아련해집니다

낮달이 구름 뒤로 숨어 버리는 시간,
그때가 세상에서 가장 억울한 장례를 치르기에
제법, 괜찮은 시간이기도 합니다

혼자란 건

혼자라는 건

하루 삼시 한 끼만 차려내도

시간이 금세 흘러가 버리는 것

그대 없이, 혼자란 건

밥을 목에 아무리 집어 넣어봐도

언제나 배가 고픈 것

뜬금없이 항상 목이 마르는 것

혼자라는 건

하루 종일 그대를 구겼다 폈다 해도

항상 그 자리에 도로 멀쩡하게 서 있는 것

혼자란 건, 그대 없이

(발

잡식성이 있는 것으로 안다
사람의 발바닥은 혈족을 지켜내려 했던
그 옛날, 이름 모를 주술의 흔적, 들
최대한 발가락을 오므려야 되는 것으로 안다
당신을 지켜내기 위한
마지막 발악과도 같은 것이었으니까

누군가의 발목은

아름다운 뒤통수 같은 것

간헐적으로 집착성이 있어야 되는 것으로 안다

그래야만 고된 하루를 버틸 수 있는 것으로 안다

듣도 보도 못한

특이한 성향을 가지고 있기에

그 어떤 누구도 천적이 없는 것으로 안다

그것들은 언제나 평행선으로만

서로를 그리워할 수 있는 것으로 안다

제3의 눈

아까부터 나를 쳐다보는 시선 따윈

느끼고 싶지 않았다는 얘기야

그러니까 나도 말이야

한번쯤은 폼나게

어슬렁 어슬렁 대보고

인생을 즐길 줄도 알았어야 했었거든

그러게 말이야

세상 참 아이러니 하더라구

점점 삶은 각박해만 지더라구

근데 나는 말이야

숨고 싶었는지도 몰라

비정상인 것들과는 단절되고

싶었는지도 몰라

그저 제3의 눈처럼, 제3자처럼

신물 나는 세상에 끼고 싶지

않았는지도 몰라

부대끼지 않고 싶었는지 몰라

근데, 이쯤 해서 나는 다시 돌아가고 싶어졌어

내가 처음이었던 곳으로

원래 내가 살았던 곳으로

다시 가고 싶어졌어

시선을 돌리는 것만큼 비겁한 일은 없어

거품 빠진 맥주처럼

어떤 날은 너무 맛이 없는 날도 있어

나, 이제 그만 자야 할 것 같아

참, 내 장례식엔 와줄 거지?

당신을 초대하고 싶진 않았는데 말이야

그렇지만 눈물은 생략해 줄래?

한 번도 본 적 없는 제3자처럼

담담하게 들렀다가 가도록 해

이제 정말 자야 할 시간이야

거실 등은 끄지 말고 자는 것을 권장해

새벽에 무척 외로울 수가 있거든

그럼, 이제 그만 안녕,

나의 슬픈 제3자여!

희망이란 말은 간혹

입에 잘 붙질 않았다

언제까지 매일 나는,

너를 입에 달고 살아야 하나

항아리 도둑

별님도 달님도 모를 거야
곧 죽어도 모를 거야
그날 밤 내가 훔친 게 무엇인지
무엇을 노렸는지
햇님도 달님도 아마 모를 거야

빗나간 나의 날들에게

가을을 물어오는 새들을
눈부시게 쪄려본 적 있었다

빗소리는 한 움큼 마음을 뜯고
처마 밑으로 깔리는 노을을
대충 먹어가면서 살았다

어디에도 없는 나는
어디에도 갈 수 없어
햇볕에 온몸이 주눅 들어 있었다

그대라는 이름을 아무리 곱씹어도
들려오지 않는 노래들만
어둠 속으로 기어들어 갔고
나는 오늘마저,
거짓이었다고 쓴다

정연일 현대시

당신도 늘 밥 먹듯이 나를 배신하여서

나는 빗나간 나의 날들에게만

참았던 눈물을 허락할 것이다

비껴간 우리의 사랑, 그 앞을 서성거리다가

원칙적으로 너를 소망한다

너는 분명 그럴 것이라는
문장을 가지고 한참 동안이나
쩔쩔매며 머리를 쥐어짰을 거라는
가정하에 오늘 하루해를 살짝 넘겨 보았다
페이지와 페이지가 줄곧 겹쳐 보였던 이유가
마르지 않았던 눈물 때문만은 아니었을 거라고
침침한 일기장에 적어 보다 잠이 들고야 말았다
라고 너에게 말하려다 그만
그 흔한 꽃들에게도 넘어갔다
잠시 빈 하늘을 올려다보며
한눈을 판다거나 먼 별을 헤아려 본다든지 하는
어리석은 시간들은 잠시 묻어 두고
나비처럼 날아 훌쩍 세월을 건너뛰기도 한다는
헛된 꿈들은 반드시 접어야만 했다
그럼에도 살아낼 수 있었던 건
그 잘나고 질긴 생명, 때문이었을까

라는 의문형도 곧잘 따라와 주곤 했다

그러나

이제라도 나는

원칙적으로 너를 소망하고 갈구해야 한다

불량한 사각지대

너는 애처롭다
무엇이 너를 일으키는가
봄날 한 잎의 꽃이 핀다 한들
너는 어지럽다 언제였나
햇빛이 펑펑 쏟아지던 날도 있었다

바라보는 시선을 쪼개어 본다
그 시선이 머물렀던 세월만큼
참 많이도 홀로 나풀거렸다
무엇들이 나를 살아지게 하였던가

이미 죽은 사람과 접촉하는 일은
구수한 침향 냄새와도 같았다
날이 갈수록 위태로운 나는
단지 사랑한다고 끄적거린다

정연일 현대시

나는 아직도 감지해 낼 수 없는
불량한 삶의 사각지대, 들

아직도 너는
내 안에서 흘러다니고 있지만

그래도 한때는 아름다웠노라고
늙어버린 시선들을 되돌려 본다

추정과 간주 사이

그리운 것은 너의 이름으로 추정된다
떠날 것으로 간주되는
사랑에 관하여
우리는 모두 증거인멸의 소지가 있다

봄이란 꽃으로 추정되고
한여름이 소낙비로 간주되어 내리는 사이
너의 가을이 낙엽처럼 굴러다닌다
마침내 우리의 겨울은 끝내 오지 않았으므로,
그러했음으로,
미처 첫눈을 쓸어 담지는 못했단다

너로 추정되는 한 통의 전화와
낮술로 간주되어 가는
나의 하루가
뒤섞인 저녁들이 붉어진다,

정연일 현대시

, 해도 금방 지겠지, 라고, 해도

우리들은 곧바로 생이별을 할 것으로 추정되며
너무 그리운 것들은
항상 가질 수 없는 것으로만 간주된다

그에게 가는 길

당신은 오라 한 적이 없습니다

당신은 가라 한 적도 없습니다

그러나 머지않아 알게 되겠지요

내가 왜 굳이 당신에게 가려는지

내가 왜 당신 곁으로 자석처럼 끌려서

가게 되는지를

설령 비가 내리고

또 궂은눈이 쏟아져도

마침내 그에게로 가는 길을

스스로

기꺼이 걸어가려 합니다

정연일 현대시

분명

내가

한번 태어나

선하게 쓰이다 가는 일

분명

내가 태어나

꼭 한번 옳게만 살다가 가는 길

어딘가에게

그냥 잊고 살아야만 했었는지도 모릅니다
눈 한번 질끈 감고 모른 척하며
잊어버린 날들이 더 많았었다고
다독여야 했었는지도 모릅니다

비겁하게 살지 않기 위하여
기도해야 했던 시간들이
안개처럼 내렸다가 이내 다시 사라집니다
앞이 보이지 않던 당신에게로 가는 길은
왜 항상 이토록 더딘 걸음인 건지
그대가 떠나고 난 후에야
조용히 내 마음을 내려놓아 봅니다

정연일 현대시

비가 오던 골목길,

그대는 지금 어디쯤 내리고 있을까요

잠시 그대가 머물던 그 자리, 그곳에서

하염없이 기다리던

나와 그리고 빗방울, 들

지금, 누군가가 그리운

마냥 그리운 곳

그 어딘가에게

P.

그래도 우리 잊지는 말자

한때는 사랑이라고
내가 가진 모든 것들에
우선이고 전부라고
믿었던 사랑이여
팍팍한 세상 속에
막막한 미래 앞에
차마 고개를 숙이며 서로를 떠나 보냈었지만

그래도,
그래도 우리
잊지는 말자
서로 지우지는 말자

언젠가

세월을 굽이 돌아 돌다 보면

한 세상 어긋나다 살다 보면

우연이라도

잠깐이라도

행여나

만날 수 있을 텐데

그럴 수도 있을 텐데

그때 서로를 금방 알아볼 수 있도록

우리 서로 잊지는 말자

애써 서로 지우지 말자

가슴 한켠에

좋았던 기억 하나쯤은

서로 잊지 말고 남겨두자

닭이 먼저냐 알이 먼저냐

 너는

부모가 먼저냐 자식이 먼저냐

혀의 본능

속으로, 속으로 자꾸만 들어가고 싶었어요
귀찮아서 꼼지락거리고 있는데
콧바람은 오늘도 지나가고 있군요
문은 하루에도 열두 번씩 열고 닫기를
반복, 반복하다가 철컥 큰 소리가 난 뒤에는
한동안 닫혀만 있었죠

저에게 굳이 오시고자 한다면
맛이 있는 것들만 허락됩니다
여섯 개의 미움들이 오락가락거릴 때
전 빨개졌다 하얘졌다를
반복했죠

채소나 야채, 과일 등을 주시고자 한다면
유기농으로만 통과가 될 겁니다
그렇지 않으면 마비가 올지 몰라요

내 안의 검은 장막으로 덮어버린 시간들, 을
마냥 오랫동안 기억하고 싶었어요

사랑의 단맛과 이별의 짠맛을
인생도 때론 식초처럼 시큼하고
미움은 그저 떫어지게만 할 뿐이란 걸,
그냥 차라리 숨고만 싶었어요
오랫동안 음미하고 싶은 거겠죠

당신이 어젯밤 쓰다가 버린 시들은
무슨 색으로 어떤 맛이 날까요?

낼름거리면 하루가 뜨고 또 하루가 져요

한참 졸릴 때

당신이 무턱대고 들어온다면

어쩔 줄 몰라 나는 꿈틀거리겠죠

사랑한다면 서로 꼭 붙어있어야 하는데도 말이죠

그런데 지금, 이곳의 현재 시각은

침이 꼴까닥 언덕으로 한참을 넘어가고 있는 시간입니다

PS4

그때부터였던 것 같아
한 번 아니다, 라고 생각한 사람은
절대 쳐다보지도 않았던 것이, 그것이,
친구란 놈이 말했어
넌 왜 약속을 지키지 않았느냐고
미안하지만,
내가 아니라 돈이란다
그것이 문제란다,
끝내 그것이 죄가 되고 말았단다
설령 내가 그럴 줄 알았겠니
우리 집은 원래부터 가진 게 없을 줄을
그래도, 네가 그렇게 아픈 말들을 할 줄, 을
몰.랐단.다
어린 날의 최신 게임기는 가질 수 없었지만
철없이 너와의 인연을 끝냈지만
아직도 가끔씩은 떠오르는

정연일 현대시

그 옛날 너무 갖고 싶었던 게임기와,
흐려진 엄마의 깊은 한숨들,
아직도 마음속 응어리처럼 남아
이제 다시는 결코 돌아갈 수 없는
한 편의 그래픽 같은 기억들, 을…

살면서 온몸에 진동이 올 적마다
나는 뼈아픈 눈물을 꺾어야만 했다

에필로그...

이름 모를 당신에게…

처음으로 직접 장례식을 치러보는 사람처럼

처음으로 시집이란 걸 내보며

너무 허둥대고 정신이 없었던 것 같습니다

어떻게 잘 모신 건지

어떻게 읽어봐 주신 분들에게

예의를 다 했는지

알 길은 없습니다만

그냥 모든 걸 내려놓으려 합니다

제가 가진 그릇의 물은 담았으니까

그 그릇이 크든지 작든지

혼자만의 문제이니까

모든 것이 저로 인한 것이기에

후회 같은 건 훨훨 날려 보내 버리려 합니다

썩 맘에 들지 않는 이 시들도

스스로 소리 없이 날아가다 보면

언젠가 좋은 소리이거나 나쁜 소리로

분명 제 귓가에도 들릴 테니까요

언제라도 그 모든 소리들을

기쁘고 달게 받겠습니다

'다음에는 좀 더'라는

아쉬움에 이만 펜을 놓습니다

부디

세상이 흔들린다 해도

끝까지 건재하시기를…

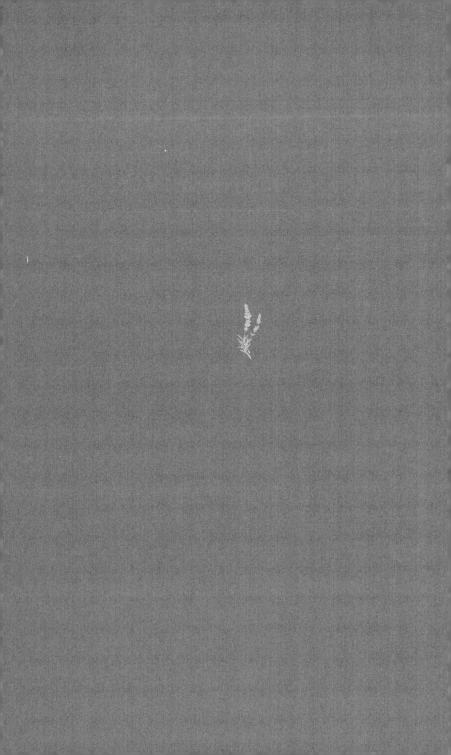